시끄러운 침묵

시작시인선 0557 시끄러운 침묵

1판 1쇄 펴낸날 2026년 1월 12일

지은이 김경옥
펴낸이 이재무
기획위원 김춘식, 유성호, 임지연, 차성환, 홍용희
편집 이호석, 박현승
편집디자인 김지안, 장수경
펴낸곳 (주)천년의시작
등록번호 제301−2012−033호
등록일자 2006년 1월 10일
주소 (03132) 서울시 종로구 삼일대로32길 36 운현신화타워 502호
전화 02−723−8668
팩스 02−723−8630
블로그 blog.naver.com/poemsijak
이메일 poemsijak@hanmail.net

ⓒ김경옥, 2025, printed in Seoul, Korea

ISBN 978−89−6021−838−3 04810
       978−89−6021−069−1 (세트)

값 11,000원

시끄러운 침묵

김경옥

천년의 시작

지난여름 여행길에서 침묵을 배웠다. 폭포는 시끄러운 말(言)의 행렬을 쏟아내고 있었는데, 그것을 끌어안고 토닥이는 것은 강의 가장 낮은 바닥이었다. 하늘이 내려와 눕고 수령이 다해 죽은 나무는 물고기의 집이 되어 주고 있었다. 깊은 물은 고요하고 바닥은 생명을 품고 있다. 거센 삶의 물살도 흐르고 흐르다 보면 소란이 잦아들고 평안의 오솔길로 접어들 것이다. 그 길 위에서 따스함과 토닥임으로 함께해 준 사람들에게 첫 시집을 올려드린다.

2026년 새봄
김경옥

차 례

시인의 말

제1부

제2부

제3부

제1부

일순의 일

겨우내 빈 몸이던 나무
가지마다 망울 맺히고
눈 녹은 지푸라기 사이
새순 얼굴 내밀 때

불어온 남풍에
겨드랑이 간지러운
개나리 진달래 목련
잎보다 먼저 필 때

생각한다,
섭리攝理라는 말
피고 지는 것
일순의 일

세 조각의 사랑
−로제타 홀 일기에서[*]

정동에 여성 병원이 열렸다
로제타는 보구여관[**] 의사였다
아픈 몸 보이지 못하고
시름시름 앓다 죽어 가던
조선 여인들 정성껏 치료해 주었다

소문 듣고 어느 날
시골에서 소녀가 찾아왔다
4년 전 입은 화상으로
손가락 세 개가 손바닥에 붙은
열여섯 소녀였다

로제타는 소녀의 손가락을
손바닥에서 떼어 내고
주변의 피부를 펴서 덮어 주었다
상처를 꿰매고 손가락을
붕대로 싸서 부목으로 고정시켰다

소녀가 입원한 지 40여 일
끌어당겨 덮었던 피부가 떨어져 나갔다
소녀의 팔에서 피부를 한 조각 떼어 내 이식했다
하지만 소녀는 더 이상 치료를 거부했다

로제타는 자신의 팔에서 세 조각을 떼어 냈다
더 떼어 내야 했으나 사람들이 말렸다
지켜보던 사람들과 소녀의 오빠가 피부를 주었다
소녀 자신도 더 떼어 내었다
소녀의 손은 온전해졌다

* 『로제타 홀 일기』의 로제타(Rosetta S. Hall, 1865~1951)는 1890년 10월 미국 감리교 선교사로 내한하여 보구여관에서 의사로 활동했다.

** 보구여관(普救女館): 1887년 서울 정동에 미국 감리회에서 설립한 최초의 여성 병원. '널리 여성을 보호하고 구하는 집'을 뜻함.

어린 것

갓 지은 밥을 푸고
모락모락 김이 나는 된장찌개
노릇하게 구운 갈치 살 발라
둥근 밥상 위에 놓는다
무릎에 앉은 어린 것
크게 밥 한 숟갈 떠 넣어 주면
조개 같은 입 벌리고
오물오물 삼키던 아들 가장이 되었다
9호선 급행에 실려
일터 갔다 돌아오면
그의 어린 것
튼튼한 아기 의자에 앉아
핑크퐁을 보며 밥을 먹다
뚜뚜뚜뚜 현관문 누르는 소리에
아빠! 하고 달려 나온다

걸음마

돌쟁이가 걸어온다
아장아장 걸어온다
손을 짚고 기다가
붙잡고 일어선다
손뼉 치며 기다리면
한 발짝 두 발짝 걸어와 안긴다
아기가 걷기까지
넘어지고 일어서기 수천 번
비 오는 날은 장화가
더운 날은 샌들이
추운 날은 양털 부츠가 걸어온다
아기를 싣고
신발이 걷는다

사랑은 낭비하는 것

서로 사랑하기 때문에 결혼하는 것이 아니라
사랑하기 위해서 결혼하는 것이다
서로 다 알기 때문에 결혼하는 것이 아니라
모르기 때문에 함께 사는 것이다
상대에게 부족한 것이 보이는가
바로 그것 때문에 필요한 사람이 된다
사랑은 손해 보는 것
사랑은 낭비하는 것
퍼내어도 다시 솟는 샘물 같은 것

제비꽃

이른 봄, 무덤은 보랏빛 엽서

당신, 춥지 않으오

견딜 만해요

조금만 기다려요 곧 봄이 올 테니

당신도 평안하시오

개미는 그들의 전령사

살아서 못다 한 말 물어 나르다

꽃씨 떨어진 자리

제비꽃이 피었다

미우라 아야코

석탄을 씻은 가모이街神 강은 새카맣게 흘렀다
아야코는 탄광촌의 교사였다
그녀는 학생 하나하나에 관해 일기를 썼다
제2차 세계 대전, 공습경보는 언제 울릴지 몰랐다
매일 라디오를 켜 놓고 옷을 입고 잠을 잤다
'사람이 되기 전에 국민이 되어라' 했지만
패전 후 일본 국민은 가난에 점령당했다

미군의 지시로 교과서 곳곳을 지우며
전쟁을 가르치다 그녀는 아이들 곁을 떠났다
쇼와 21년(1946) 3월, 7년 만이었다
아이들은 졸업식 날 집으로 찾아왔다
아야코는 폐병을 앓으며 시를 썼다
종이가 없어 약봉지, 광고지 뒤에 적었다
시를 짓는 일은, 돈이 들지 않아 좋았다고 한다

그녀는 13년간 딱딱한 병상에 누워
건강을 잃고 대신 신앙과 사랑을 얻었다
병수발 들어주던 미우라와 결혼하고
잡화점을 하다 소설을 써서 당선이 되었다

그녀는 아프고 가난해도 글을 썼다
나는 죽을 만큼 아프지 않고
만년필과 공책이 있는데 글을 쓰지 않았다
나는 나를 반성한다

사랑의 다섯 가지 언어[*]
—결혼하는 아들에게

너는 이제 네 아내와 이렇게 사랑하라
함께 즐거워하고 함께 울어 주어라
현악기의 낱 줄은 각자 홀로지만
함께하면 좋은 음악을 만든다

서로 경청傾聽하라
상대를 향해 몸 기울이고
마음의 귀 열고 열 개의 눈으로 보아라
그러면 마음이 하는 말 들릴 것이다

한 침대에 눕고 등 돌리지 마라
매일 아침 함께 눈 뜨는 것도 감사한 일이다
늙어서 외롭지 않으려면
평생 따스함으로 토닥여 주어라

때로 좋아하는 것을 선물하라
선물은 마음의 별식 같아서
감사 통장에 잔고가 쌓이고

기쁨의 이자가 늘어난다

서로 짐을 대신 져라
일에 경중완급이 필요할 때
작은 도움의 손길 내밀어라
허드렛일 해 주는 것도 사랑이다

* 개리 채프먼, 『5가지 사랑의 언어』에서

다뉴브강 가의 신발[*]

부다와 페스트 사이
다뉴브 강가에
벗어 놓은 신발들을 보았네
주인 없는 신발이 묶여 있네
낡은 군화, 운동화, 어린이 신발
부츠, 뾰족 구두, 남자 구두
녹슨 채 강을 향하고 있네
왜 거기서 신발을 벗어야 했는지
왜 총구는 그들을 겨누었는지
아무도 말해 주지 않았네
그날의 핏자국처럼
카네이션 붉게 핀 구두
촛농 가득한 군화 한 켤레
어쩌면 그들이 좋아했을
커피, 장미, 국화 한 송이
신발 옆에 놓여 있네
신발은, 숫자를 세기 위해서 라고도 하고
되팔아 돈으로 바꿨다고도 하네

시퍼렇게 눈 뜬 채
얼어서 마감한 生,
저녁마다
다뉴브도 울어서
얼굴 저리 붉다네

* 2005년 4월, 헝가리 부다페스트에 만들어진 기념물. 영화감독 칸 토
카이가 고안하여 조각가 파우어 귤라와 함께 다뉴브강 동쪽 기슭에
세웠다. 제2차 세계 대전 때 부다페스트에서 화살 십자당에 속한 파
시스트 헝가리 민병대에 의해 학살당한 유대인들을 기리기 위해 만
들어졌다.

하마터면 잊어버릴 뻔했다

학생이었다가
회사원이었다가
시를 써서 등단도 했으나
시집 한 권 내지 못했다
가끔 원고 청탁을 받았으나
약력에 쓸 것이 없었다
직업란에 '주부'라고 쓰고 살았다
아버지는, 똑똑하다고 믿었던 딸이
유명 인사가 될 줄 아셨는지
동창이 뉴스에 나올 때마다 물으신다
너는 왜 TV에 안 나오냐
쉰다섯에 다시 공부를 시작했다
너무 늦었다고 말렸지만
배움의 기쁨은 나를 춤추게 했다
학위를 취득하고 일을 시작하고
화상 회의를 하고 발표를 했다
지금도 나는
읽고 쓰고 배우는 중이다
그러므로 나는 학생이다
나는 매일 나를 완성해가는 중

그러므로 나는 작가이다

하마터면 잊어버릴 뻔했다

다시 꿈을 찾아서

햇살 환한 창 아래 앉아
나무의 이력을 읽는다
늦깎이 공부를 시작하고
책상이 필요했다
잘 썩지 않고 벌레도 먹지 않는
콩과(科) 수종 집성목으로
상판을 만들고
바퀴 달린 서랍장을 짰다
암갈색 적갈색 노랑색
저마다의 생애가
한 몸이 되기 위해
잘려지고 이어진 것들
연한 회갈색 껍질은
점점 짙어지고 두꺼워지면서
뒤틀린 균열로
무수한 결을 남겼을 것이다
교문을 나선 지 수십 년,
오래 앉아 있으면 다리가 퉁퉁 부어오르지만
수만 갈래 마음의 길 이으며
잃어버린 꿈을 소환한다

강 편지

섬진강을 안 보면 미칠 것 같아
구례행 기차를 탔습니다
보리밭 푸른 이랑마다
바람이 새 길을 내고 있었습니다
내 마음 이미 기차에서 내려
그 길을 따라 걷습니다
오늘 밤 강물은 산동(山洞)으로 들 것입니다
앞가슴 확 풀어헤친 강물이
어린 꽃과 나무들에게 젖을 물립니다
수유를 마친 강물이 돌아누운 사이
산수유 얼굴 더욱 뽀얗습니다
뽀얀 꽃비 속을
줄배를 타고 강을 건넙니다
나의 부서진 배
끌어 줄 이 아무도 없는데
꽃 피는 강 저편과
더 피워 낼 꽃잎 한 장 없는
이편 사이
당신은 제게 줄입니다

눈부신 봄을 기다려야 한다

기자가 꿈이었다
고3 담임은 문리대 원서를 써주지 않았다
나는 법정대생이 되었다

처음 해 본 수강 신청
교양과목 쪽지를 들고 이리저리 뛰었다
이어령 선생님 수업은 일찌감치 마감되고
종교학, 문화인류학을 들었다

부슬부슬 비 내리던 날
도서관 바깥 솔숲이 소란했다
"학우들은 모두 밖으로 나오라!"
스크럼을 짠 학생들 틈에 끼었다

'저 들에 푸르른 솔잎을 보라'
고층 건물 창문이 열리고
넥타이를 맨 사무원들이 박수를 보냈다
서울역 앞에서 애국가를 부르고
 우리는 뿔뿔이 흩어졌다

낯선 서울 골목 헤매다
울면서 하숙으로 돌아왔다
휴교령이 내려졌다 그때는 몰랐다
눈부셔*, 바라볼 수도 없는 봄
그런 봄을 기다려야 한다는 것을

* 이성부 시 「봄」에서

내가 저 문을 나선다면
―신영복, 『감옥으로부터의 사색』에 붙여

다만
내일이 오기를
봄날이 오기를
숨결이 얼어붙는 옥방은
하루 두 시간, 그에게
신문지 크기의 햇볕 한 장을 선사했다

그는 꿈꿔 왔을 것이다
만약 내가 자유를 얻어
15척 벽돌담을 나선다면
꽃망울 터지는 봄날
마음껏 봄 내음 맡으며 노래하리라
산과 들에 우거진 신록 사이로
어린아이처럼 뛰어다니리라

사랑하는 사람들을 만나
크게 웃고 떠들리라
어머니의 정성스런 손길로 만든
음식을 배부르게 먹고
포근한 이불을 덮고

노곤한 낮잠에 취해 보리라

꿈처럼 만난 정인情人과
나란히 눈 내린 겨울 길 걸어야지
가만히 그의 어깨 감싸안고
나무 한 그루 함께 심고 싶어
그 나무 자라서 꽃 피우면
우린 푸르른 숲을 키워 가야지

제2부

시끄러운 침묵
—플리트비체에서[*]

아바타가 날아다니고

요정이 살 것 같은 원시림

한껏 부푼 열여섯 개 호수

아찔한 절벽에서 몸을 던지는

물의 행렬, 아프다

저, 시끄러운 침묵

흐르고 흘러

언젠가 물의 정상인 바다에 이를 것이다

* 플리트비체: 크로아티아 국립공원.

봄

봄부터 나무는
가래톳이 선다
봄옷 갈아입은
가지마다 젖이 돌고
유선乳腺의 몽우리
연두에서 초록으로 익어 간다
긴 물관부는 수액을 쟁이고
햇살이 한바탕 뜀박질하고 가면
꽃들, 부지런히 길 나선다
산속의 진달래
세상이 궁금했는지
맨발로 뛰어내려와
여의도 공원에서 떨고 있다

소문

임실군 덕치면 구담마을 김용택 시인이
피지 말라 했는데 싸가지 없이 매화가 피어버렸답니다
싸가지 없기는 산수유, 홍매화도 매한가지
입 다물고 있으라고 강물에게 일렀건만 분분한
매화 눈처럼 날린다고 전국에 소문이 나버렸습니다

민들레를 찾아서

햇살이 들판을 다림질하는 사월
민들레를 찾아서 산으로 간다
산은 오를수록
바람의 속도를 높이고
나를 더욱 낮추게 한다
혹, 민들레로 오셨을까
무덤가에 다가가면
깔깔깔 먼저 와서
둥근 웃음 풀어 놓는 참쑥 무리
햇살의 실핏줄이 먼저 가닿는 곳은
지상의 가장 낮은 곳부터일까
어린 참쑥 한 움큼으로
그리움을 채우고
내려온 버스 정류장 앞
한 떼기 땅 위에서
노랗게 웃고 있는 민들레
어머니, 거기서 체온을 높이고 계셨던가요

자목련

뒤뜰에 만삭의 여인 하나

밤새 진통이 심했는지

허리가 뒤틀리고 가지가 휘었네

얼마나 이 악물고 버텼는지

입술이 터지고

자줏빛 피 흥건하네

밤새 그것을 바라보던 수선화

샛노랗게 질려 있네

오늘 아침 뒷마당이 소란스럽네

양화진에 핀 붓꽃

헤론*의 무덤 앞에 붓꽃이 피었다
두 딸과 아내를 두고
양화진에 맨 처음 묻히신 분

옛적, 조선인보다 더 조선을 사랑한
사람들 이 땅에 오셔서
가르치고 치료하고 기도하며
이 땅에 기쁜 소식 전하셨다

한글을 배워 성경을 번역하신 분
학교를 열어 후학을 양성하신 분
이 땅의 여성 위해 학당을 여신 분

자신의 몸 아끼지 않고
환자들을 치료한 의사
백정을 고쳐준 시의侍醫

그 고귀한 생명의 붓으로

역사의 한 획 크게 그으시고
한 알 밀알이 묻힌 자리
붓꽃이 피었다

* 존 헤론(John W. Heron): 1890년 7월 28일 양화진 묘원에 최초로 안장
  된 선교사.

버들꽃 나루[*]

젊은 그대여
짙은 딸기 같은
복숭아 속살 같은
노을 지는 나루터를 아시나요

사각사각 살얼음 달콤한
스트로베리 피치 프라페 한 잔 들고
여기 한번 와 보세요
선셋 맛집이랍니다

강 건너 백사장은
눈부시게 반짝였죠
물길 푸르고 깊어
배 띄우고 시 읊었던,

일찍이 프랑스 함대 다녀간
잠두봉 아래 벚꽃처럼
떨어져 내린 무고한 목숨들

밤마다 강물도 울음 삼키던,

선교사 가족 145명 묻힌 언덕
옹기종기 모인 아기 무덤에
여름내 부채질해 주던 은행나무
찬바람 불자 노랗게 이불 덮이던,

양화진 언덕에
눈발 날리는 날
싸르락싸르락 눈 밟으러 오세요

• 버들꽃 나루: 양화진(楊花津)

꽃 피우지 못한 내 안의 나무

찬비 내리는 날
그대도 들으셨나요
잊어라 잊어라 하는 빗방울의 말을

생살 위로 돋는 기억의 세포들
신경의 뿌리 깊이
깊이 적시며 자꾸만 내 속에서 자라고 있지만

이제 그만,
꽃 피우지 못한 내 안의 나무는
베어 버리라 합니다

꽃이 다 피어나는 날
삶은 비로소 완성되리라 믿었지만
제 몸을 지우며 생을 사는 빗물처럼
마지막 한 방울이 마를 때까지
처음 씨앗의 존재로 견디라 합니다

만약, 당신이
괜찮다 하시면

기다림의 씨방 속에서
다시 봄날이 올 때까지
이 비를 맞겠습니다

경의선에서

문산행 열차가 마을을 지날 때면
부엌의 창을 두드리는 기적 소리
백마를 지나 화사랑을 지나
열차가 잠시 머문 곳은
이정표에는 없는 간이역

첫 손님으로 실려 온 안개 몇 흘려 놓고
민마루 넘어온 바람 먼 데 가 있던 마음 데려온다
추억은 세월의 탈의실에서 낡은 옷을 갈아입고
도수 높은 안경 하나와 두꺼운 습작 노트와
만년필을 꺼내 책상 위에 가지런히 배열한다

경의선을 따라 열차 소리 멀어져 가면
한 줄의 글로 외롭지 않던 청춘의 그날처럼
철로변의 개나리
노란 깃발 무수히 흔들고

벽난로 앞에 앉아
뜨거운 커피 한잔으로 몸을 녹이는
마흔, 내 생의 깃발은

아주 평화롭고 따뜻한 눈빛으로
그대를 위해 오래 흔들고 싶다

자유의 언덕
—지유가오카에서[*]

저는 방금 자유의 언덕에 내렸어요
기차가 떠나고 선로가 멀어져요
뽀빠이 카메라 점店에서 엽서를 사요
벤치에 앉아 당신께 편지를 써요

여기 보랏빛 꽃들 마구 춤을 춰요
한바탕 까르르 웃다 이내
다시 일어나는 저, 탄성 좀 보세요
저 꽃들은 힘이 아주 세요

저렇게 암말 않고 버티는 걸 보니
중심을 잃고 흔들리는 건
어디에도 뿌리 내리지 못한
제 마음이었어요

저는 아주 할 말이 많아요
젊으면 아프면 안 되나요
왜 아프냐, 왜 우냐 하지 말고

수고했다, 애썼다 말해 주세요

아무것도 하지 않을 자유
무엇이든 할 수 있는 자유
누구를 위함도 가문의 영광도 아닌,
그런 자유를 제게 주시면 안 되나요
제 엽서 받으시면 꼭 답해 주세요

• 동경 메구로구(目黒区) 지명, '자유의 언덕'이라는 뜻임.

장미는 타면서 핀다

사람에 지친 날
장미 정원에 간다
시들기 위해
떨어지기 위해
제 몸 태우는 것을 보고
사람들은 장미가 피었다고 한다
나도 속이 탄다
그렇다면 열심히 피워 내는 중

삶은 자신이 가꾸는 정원
그대의 정원에
꽃이 피었다 자랑하지 말고
꽃이 진다고 슬퍼하지 말 일이다
솔로몬의 지혜를 생각하라
날 때가 있고 죽을 때가 있으며
심을 때가 있고 심은 것을 뽑을 때가 있으며
사랑할 때가 있고 미워할 때가 있으며
전쟁할 때가 있고 평화할 때가 있으니

여름은 부지런하다

어젯밤 큰 비에
잠은 안 설쳤는지
햇살은 다녀갔는지
아니, 너는 벌써
강물 위에 커다란 매트 한 장 펼쳐 놓고
스트레칭을 하는구나
뻣뻣한 거북목 풀어 주고
두꺼워진 허리 흔들며
팔다리 쭉쭉 편다
햇살은 강물의 내비게이션
살아 있는 것들 일제히 시동을 걸고
목적지를 입력하고 달린다
잎들은 부지런히 광합성을 하고
매미는 자신의 소멸을 노래하고
벌레며 곤충들 길을 나서고
톡톡 빗방울 털어 내며 여름꽃,
덩달아 기지개를 켠다

그가 차려준 화려한 밥상
—어느 시인에게

그는 밭에서 방금 캐온 푸성귀 한 아름을 들고 온다
몸의 일부가 빠져나온 풋것들은 아직 살아 있다
쿵쾅쿵쾅 뛰는 그의 심장처럼 그는, 잔털을 따라 나온
흙빛 닮은 웃음을 섞어 공복의 우리에게 내놓는다
태양을 바란 줄기는 싱싱하다 못해 질기다
씹으면 입안 가득 침 대신 진초록 피가 고인다
한 입 베어 물 때마다 생의 그물에 걸린
푸른 언어들 함께 씹힌다
그는 순지르지 않은 나무처럼 올곧고 잔가지도 많아서
때로 나뭇잎마다 수천 장의 편지가 되어 팔랑인다
편지가 문득 바람에 실려 오는 날
그것을 읽는 누군가의 가슴은 풋것들로 속이 푸르다

그가 허기진 우리에게 내미는 이 화려한 밥상

죄책감 없는 여름

그해 여름
처음으로 잘 쉬었습니다
암 덩어리 도려내고
쓰라린 발 붙들고 울었습니다
세 시간마다 진통제 먹어 가며
진물 뽑아 올리는 음압기
밤낮 매달고 살았습니다
병원의 시간은 느리게 갑니다
복도에 슬리퍼 끄는 소리
옆 사람 숨 쉬는 소리
담요 뒤집어쓰고
귀 틀어막아도
도무지 잠이 오지 않아
수면제 먹어 가며
코로나에 걸려 격리도 하면서
휠체어 타고 푸르른
옥상정원 돌고 또 돌며
밥 잘 먹고 시원하게
반성도 않고 참 잘 쉬었습니다

이제부터 놀멍쉬멍

성산항에서 배를 탄다
우도를 바라보니
한라산 치맛자락 타고 흘러내려
소 한 마리 길게 엎드린 형상이다
깨끗이 비질한 하늘에
신께서 구름 몇 걸어 놓고
세상의 모든 잉크 다 쏟으시고
산호 알갱이들 새하얗게 닦아 놓으셨다
모래처럼 고운 산호사 해변에서
우도 땅콩 아이스크림을 먹는다
자꾸만 바람에 날리는 땅콩 껍질
살면서 씁쓸한 것들 얼마나 삼켰던가
달고 고소한 맛내기 위해
부서져라 영혼을 갈아 넣어도
이순을 넘으니 부질없는 일
여기저기 삐걱거리는 관절
여행 가방 하나 들었을 뿐인데
삐끗한 오른손 밤새 부어올라
돌아와 열흘 깁스를 했다

이제부터 놀멍쉬멍 사는 거다

가을 숲에 누워 보라

가을 숲은 일광욕장
나뭇잎들 나란히 몸을 눕히고
신열의 이마를 식힌다
지난여름 그들의 노동은 신성했다
허락된 것은 오직 치솟는 삶
치솟기 위하여 우리는 또 얼마나 치열했던가
탱탱했던 잎맥은 이제 텅 빈 길이 되어
다음 생을 안내하는 저, 침묵의 시위대
저들이 그러하듯 길은 늘 내 속에 있었지만
비우지 못한 마음의 눈엔 보이지 않았다

바람이 소독포를 펄럭인다
하나, 둘 상처 난 심장을 꺼내 놓고
나뭇잎들 서로를 위로하며 돌아눕는다
수직의 숲에서 한 번도 벗어나지 못한
삶의 환부를 나도 꺼내 놓는다
누군가를 무수히 찌르고
되돌아와 나를 찌르던 칼날이 여기 누워 있다
바람이 쓱쓱 상처를 문지를 때마다
우르르 빈 숲이 뒹군다

뒹굴 때마다 상처는 더욱 커지고
상승 곡선의 한 정점 위에서 생은,
아픔으로 오히려 빛난다
한 장 나뭇잎으로 가을 숲에 누워 보라
고통의 뼈 하얗게 타고
모은 기억은 가루로 날아
우리 알몸으로 마주서도 부끄럽지 않으리
한때 열정으로 눈부셨던 나무여,
네 고운 흙 뿌리내린
청청한 숲 기다린다

한계령

설악을 보러 한계령에 갔더니
단풍은 절정에 오르지 않고
아득한 물소리만 따라 온다
저 아래 내려다보니
산 너머 산
이 산 저 산
큰 산 작은 산
높은 산 낮은 산
악착같이 오르던 고갯길
이제 보니 꼬부랑길 돌고 돌았군
내 삶에 정점이 있었던가
산은 내게 묻는다
이제 잘 내려가야 하지 않겠나?

제3부

등단

등단을 축하한다고 친구들이 난蘭을 보내왔다
흰 꽃대 한 송이 밀어올리기 위해 시커멓게 탄
숯 덩어리 끌어안고 수직의 밤 지새며 피운 꽃

답장

동생에게서 편지가 왔다

"세상에 하나뿐인 우리 언니 꽃보다 더 예쁜 우리 언니
 항상 내 편 되어 주고 말하지 않아도 내 마음 알아주고
 함께 기도한 날들 너무 소중하고 고마워."

세상에 하나뿐인 어여쁜 여동생
18개월 아기 품에 안고 미국 가더니
남편 공부 시키느라 재능 한번 못 살리고
이십 년 넘게 갖은 고생 다 했지
뭐가 되어도 되었을, 뭘 해도 잘 했을
만나면 부둥켜안고 눈물 흘리는 아우야
살아 보니 외국은 잠시 여행이 좋더라
이십 년 타국살이 말 안 해도 안다
이제 아끼지 말고 아프면 병원 가고
많이 먹고 살 찌우거라
나도 젊어서 찌는 것이 소원이었는데
우리가 꼭 닮아서 먹어도 안 찌는
비겁한 체질이라 하더군
아우야, 비겁해도 좋으니 건강하게 지내자

똥, 안녕

아기가 싼 똥 한 덩어리
똥이 촌수 가린다더니
냄새가 안 난다
색깔도 괜찮고 모양도 예쁘다
그렇게 반가울 수가 없다
며느리가 맡겨 놓은 손녀
똥 기저귀를 터는데
아기가 말한다
'똥, 안녕!'
아, 똥은 아기가 종일 먹은 것을
영양분은 빨아들이고
저렇게 건더기만 남아
몸 밖으로 빠져나온
고마운 것이었구나

김장

올해도 사돈이 김장 김치를 보내왔다
볕 좋은 땅끝 마을 해남 배추
젓국 달여 듬뿍 넣은 갖은 양념들
켜켜이 채운 정성이 왔다

강물이 불어 건너지 못하고
나무 등걸 위에 앉아 서로 머리 숙이며
각자 지고 온 술 나누던
윤관과 오연총처럼

전화로 몇 번이고 인사 나누며
배추쌈에 고기 한 점 얹고
파김치 돌돌 말아 저녁을 먹는다

괜히 치마를 입었다

동생들이 서울로 오고
신촌에서 자취를 했다
신입생 환영회 마친 남동생은 술에 취해 돌아왔다
오물 묻은 교련복을 빨았다
주인 집 옥상은 가팔랐다
대야가 무거워 허리가 시큰거렸다
아버지는 우체국에서 돈을 부치고
편지와 함께 미숫가루를 보내셨다
웬만한 거리는 걸어 다녔다
독립이 필요했다
영어 회화를 배우고 컴퓨터도 익혔다
친구들은 개강하면 영화 보러 가자했으나
핑계 대고 가지 않았다
졸업 앞두고 출근을 했다
모든 것이 어는
서울의 1월,
모직 코트에 치마를 차려 입고
삼성 본관까지 갔다
발가락이 얼얼했다
괜히 치마를 입었다

충분히 좋은 엄마*

1. 일기

아기를 재워 놓고 노트를 펴면
툭, 툭, 떨어진 눈물이
일기를 써 내려가던 밤
남편은 늦고 잠은 늘 부족했다
시아버지 헛기침 소리에 깜짝깜짝 놀라고
괜히 눈물이 나던 신혼

2. 이유(離乳)

방바닥은 끓는데 콧등이 시린 집
방긋방긋 웃는 아이의 볼은 늘 터 있었다
젖배가 차지 않아 자주 깨어 울던 아이
모진 마음먹고 모유 수유를 중단했다
고기 멸치 채소 넣고 만든 이유식
잘도 받아먹는구나

3. 충분히 좋은 엄마

아가야, 네가 울면 나도 울던 집터에
공원이 생기고 고층 아파트가 들어섰구나
너도 살려고 엄마 젖 찾지 않고 젖병을 빨더구나
이제 부모가 되었으니 알겠지
아이가 자라면 부모도 자란다는 것을
먼 훗날 내 묘비에 이렇게 써주렴
그래도 이만하면 충분히 좋은 엄마였다고

* 도널드 위니코트, 김건종 번역, 『충분히 좋은 엄마』, 펜연필독약,
2022.

아버지와 메밀국수

아버지, 드시고 싶은 거 있으세요
씹기 힘들다
메밀국수나 먹자
처음 삼양라면이 나왔을 때
우리는 게 눈 감추듯 먹었지만
아버지는 그런 거 안 먹는다 하셨다
평생 국수도 즐기지 않으셨다
엄마는 삼시 세 끼
삼천포 어판장에서 펄떡펄떡 뛰는
고기 사다 장만하고
갓 캐온 산나물과
새로 버무린 김치로
더운 밥상 차려 내셨다
나는 우리가 부자인 줄 알았다
전축도 있고 할부로 들여놓은 피아노도 있었지만
무엇보다 반찬이 잔칫집같이 많았다
사람들이 맛있다고 밥을 먹고 가면
엄마는 피곤해서 자주 누우셨다
그러다 더 이상 아버지의 밥상을 차리지 못하셨다
아흔 중반의 아버지

지팡이도 짚지 않고
엊그제 갈비도 잘 드셨는데
오늘은 메밀국수를 드신다

아들에게

머리 밀고 훈련병 되어
운동장 한 바퀴 돌다 폴짝 뛰더니
손 한 번 흔들고 눈앞에서 멀어졌다
홍천은 전방 젓가락 부대라는데
고생 않고 자란 네가 어찌 지내는지

전화 걸어 엄마! 하고 아무 말 않더니
할 말 없어 안 한 거냐
아무 말 못하고 울었던 거냐
때로 세상 일 억울해서
주먹 불끈 쥐고 눈물 삼킬 때 있으리라

목사님 하신 말씀 잊지 말아라
우리가 매일 잠을 자고 편히 지내는 것은
누군가 이 나라를 지켜주는 사람이 있기 때문이다
너는 우리 가문을 대표해서
국방의 의무를 다하는 것이다

보고 싶은 아들
아들 덕분에 우리도 발 뻗고 잔다

부모님 감사합니다 사랑합니다
오늘도 네 편지 읽다 잠이 든다

가구는 밤에 걸어 나온다

나는 가구였다
하루에 두 번 열어
외출복을 꺼내 입고
다시 돌아와 걸어 두는 장롱
늘 거기 있다고 착각한다
낮 동안 무거운 침묵만이 채울 뿐
널어놓은 식구들의 빨래
저녁이면 소리 없이 가구로 와 눕는다
방문객이 다녀간 집,
그들이 남긴 무수한 말
가구는 다 알고 있다
잠이 오지 않는다
가구는 밤에 걸어 나온다
1시, 2시가 되도록 청소한다
거실을 닦고 주방을 닦고
낮에 들은 말 박박 지우고
참았던 눈물 닦는다
서른의 내가
하수구의 폐수처럼 흐른다
아기를 띠에 매고 밥을 하고

그것을 치우고 또 장을 보러 가고
밥을 차리고 밥상을 치운다
가구는 결코 가만히 있지 않는다

거울

시詩는 나의 거울
뒤집어도 보이고
가려도 보인다
피할 수 없는,
피하고 싶은,
밑바닥 다 보여 준다
밑바닥을 보기 전까지
나는 괜찮은 사람인 줄 알았다

상처

동굴 안에 커다란 괴물이 살고 있어서
밤마다 무서운 소리를 내는 것이었네
날뛰는 그것을 잡으러
그 안에 들어가 보았네
등을 밝히고
먼저 가 본 안내자의 손을 잡고 들어서자
어둡고 축축한 마음의 길
맑은 샘물도 있고
깊은 웅덩이도 있네
가만, 천장에 매달린 어린 박쥐 하나
어느 날 궁금해서 날아들어 왔다가
길을 잃고
울고 있는 것이었네
엄마 찾아가려던 것인데
혼자 빠져나오지 못한 그 동굴은
너무 큰 울음으로
울음으로 답하는 것이었네

화火의 선물

존 볼비는 부모가 아이에게
화를 낼 수 있게 허락해 주는 것이
가장 큰 선물 중 하나라고 했다[*]
아이는 부모로부터
감정을 다루는 법을 배운다
화를 내기보다
화난 감정을 말로 표현하라
화가 끓어올라
분노의 뚜껑이 열리더라도
들썩이는 뚜껑에 화내지 마라
약한 것들이 먼저 끓는다
주전자 뚜껑은 죄가 없다

[*] 존 볼비(John Bowlby): 영국 출신의 심리학자.

위미리의 귤

귤 한 상자가 왔다
사돈댁 앞마당에
서귀포 햇살 다녀가고
위미 바람이 쓰다듬고
땀과 정성 먹고 자란 귤
택배 차에 실리고
비행기를 타고
육지 구경을 왔다
비가림 귤이에요
단맛이 날아가기 전에 빨리 드세요
애지중지 키운 딸처럼
탱글탱글 어여쁜 하귤

흑색종*

오른발 뒤꿈치에
오래된 점 하나 있었다
신발을 신을 때마다
얕은 신음을 뱉어 왔을 터,
짐짓 모른 체 구두만 여러 켤레 바꿔 신었다
점의 경계가 흐려지고
진물이 고이기 시작했다
발은, 生을 앞장서 오느라
검은 눈물 흘리면서도
제 살이 짓이겨지는 줄 까맣게 몰랐다
조직검사를 했다
암癌이라고 했다
담당의는 발병 이력을 묻고 안타까워했다
수술 날짜가 잡혔다
수술대에 엎드려 가자미처럼 얼어붙었다
환부 넓이 만큼 마취 주사에 찔리고
서서히 감각이 무뎌질 무렵
한 스푼 떠낸 아이스크림같이 움푹 패였다

붕대에 감긴 발은 비현실적으로 비대하다
검붉게 어룽진 핏물이 마르고
살이 차오를 때까지
나는 이제 하던 일을 멈추고
생활의 압력을 줄여야 한다

* 흑색종: melanoma

하여, 저를

이맘때가 꼭 알맞다고 여기셨습니까
더는 바라볼 수 없어서
그냥 내버려둘 수 없어서
저를 꺾으셨습니까

죽음 앞에서 두려움에 떨어본 적이 있느냐
외로운 이에게 한 마디 위로를 하고 싶으냐
고통 속에서 입술을 깨물어 본 적이 있느냐

너도 아파 보아라
너도 외로워 보아라
참을 수 없는 고통의 눈물 흘려 보아라
그러면 알 것이다
무엇이 가장 큰 위로인지
고난 뒤에 영광은 어떻게 오는지

하여, 언제는 가득 채우시더니 또 비우라 하시나이까
용서하라 하신 것 다 용서하였는데
휘저으면 떠오르는 분노 다 가라앉히고
질투며 후회며 원망이며 다 버렸는데 아닙니까

나를 빚으신 이여
아직도 퍼렇게 피어오르는 곰팡이 제 안에 있습니다
당신께서 빚으신 이 흙탕물 가득한 항아리
그만 깨어 버리시고 새로 빚어 주옵소서

삶이란 축복으로만 채워지는 것이 아님을
절반의 고통이
남은 절반을
축복으로 바꾸는 연료임을
저는 아직 모릅니다

바다의 총소리
―일곱 살의 삽화

바닷물이 자박자박 차오르는
앞마당이 문득 소란했네
엄마가 업혀 나오고
다급한 어른들이 소리쳤네

어이, 어이, 배를 돌리게
군인이, 지나가던 먼 배를 향해 총을 쏘았네
놀란 어부가 뱃머리를 돌리고
그 통통배에 실려 엄마는 읍내 병원으로 갔네

엄마가 없는 방에 들어가 보았네
엄마가 마신 것은 사이다에 탄
쥐약이었다 하네

머리에 포마드 기름을 바르고
나간 아버지를 기다리다
옆집 상이군인 집에서
밥을 얻어먹었네

담 모퉁이에 쪼그리고 앉아

남매는 깜깜해지도록

그 바다 바라보았네

지금도 그 총소리 들리는 날 있네

우리 가정을 위한 기도

주님, 제가 두 아들의 어미인 것에 감사드립니다
젖을 문 채 잠든 아이의 얼굴과
이불 밖으로 삐죽이 나온
장난감 같은 발가락이 꼬물거리는 것은
세상에서 가장 무구한 풍경입니다

주님, 제가 한 남자의 아내인 것을 감사드립니다
처음에는 우리 둘만의 사랑으로 충분한 줄 알았습니다
아무것도 두렵지 않았고
아무도 부럽지 않았습니다
그러나 생의 낯선 길 위에서
깊은 골짝 험한 물살을 가로질러야 했습니다

안 보이는 산길 헤매며
높은 산봉우리를 넘어야 했습니다
정상에 이르러서야 가야 할 길 훤히 보이고
사랑이라 믿었던 것들이
안목의 정욕과 이생의 자랑 앞에
무릎 꿇었던 것임을 알았습니다

주님, 오래 참음으로 견디고
자비와 양선으로 덮어 주고
충성된 마음으로 순종하며
온유와 절제로 마음의 간격을 지키겠습니다

그리하여 주님께서 허락하신 이 가정
말씀으로 일구어진 한 뙈기 뜨락에
사랑과 희락과 화평의 씨앗을 뿌리겠습니다

당신의 나라

지금 제 어머니는 누워만 있습니다
요구르트 한 모금 못 넘깁니다
자꾸 복수가 차오릅니다

홀로 아득히 먼 곳 갔다 숨을 헐떡입니다
살 닿는 곳 다 헐어 마른 피꽃 같습니다
야윈 몸을 주무르다 잠이 듭니다
꿈속에서 젊은 날 어머니와 뛰놉니다

주께 바라옵나니,
하루하루 꺼져 가는 육신 붙들어 주시고
자고 깨면 오늘보다 편안한 호흡을,
저 고운 얼굴에 눈물 대신 웃음을,
어제의 고통은 내일의 소망으로,
엄습하는 두려움에 평안을 주옵소서

꼭 감은 눈 뜰 힘이 없습니다
옥아, 부르던 입술이 말라 갑니다
평생 선한 싸움을 마치고
아마 곧 당신의 나라로 가시려나 봅니다

제4부

목련이 피다

예수 다시 사셨다고

흰옷 차려 입은 여인들

밤새 등불 환히 밝히고

기쁨에 겨워 춤추고 있다

부활은 죽음을 전제로 하는 것

매일 살지만

매일 죽어 간다

만일 내게 천 개의 생명이 있다면
―켄드릭의 묘비 앞에서

만일 내게
줄 수 있는
천 개의 생명이 있다면
모두 조선을 위해 바치리라*

묘비에 새겨진 켄드릭의 편지를 읽는다
그녀는 조선의 선교사를 꿈꾸었다
나이가 어려서 오지 못하고
캔자스 성경학교에서 학생들을 가르치며
이 땅 밟을 날 기다렸다

스물넷, 마침내 조선에 온 그녀는
학교에서 영어를 가르치고
아픈 아이들을 돌봤다
틈틈이 고향 청년들에게 편지를 썼다**

"나의 사역이 너무 짧게 끝나면

보다 많은 조국의 젊은이들에게
이곳에 와 달라고 부탁하고 싶다."
그녀의 말처럼

조선에 온 지 9개월
과로와 급성 맹장염으로
스물다섯 꽃다운 그녀는 쓰러졌다
하나뿐이어서 더 줄 수 없었던 목숨

천 개의 바람 되어
오늘도 양화진 언덕 맴돌며
부치지 못한 편지
하늘로 실어 보낸다

* "If I had a thousand lives to give, Korea should have them all." 양화
  진외국인선교사묘원에 있는 켄드릭(Kendrick, Ruby R. 1883-1908)의 묘
  비에 새겨진 편지 내용.
** 텍사스 엡워스청년연합회(Epworth League) 후원으로 조선에 온 켄드
  릭 선교사는 송도(개성)에서 학생들을 가르쳤고, 고향의 청년들에게
  선교 편지를 보냈다.

콜베 신부*

　아우슈비츠 강제수용소에서 한 남자가 탈주했다 나치는 탈주한 사람 대신 10명의 수용자를 아사餓死 감방으로 몰아넣었다 그중 한 사람이 아내와 아이들을 떠올리며 울부짖었다 콜베 신부는 그 사람을 대신하여 아사실로 들어갔다 방에 갇혀 공포에 떠는 젊은이들에게 그는 말했다 "무서워할 것 없네. 죽음이란 그렇게 무서운 것은 아니니까 말일세." 물도 주지 않고 피가 달아올라 죽는 형벌에서 콜베 신부는 살아 있었다 마침내 독약 주사를 맞고 순교했다 그의 얼굴은 맑게 빛났다고 한다

---

* 막시밀리안 콜베: 폴란드 출신 사제, 순교자. 1941년 8월 14일 아우슈비츠에서 선종하였다.

빈자의 노래

세상의 소리에 귀 막을래
너무 많은 소리가 들려
눈 감고 혼자 있을래
보이지 않는 것 믿기 어려워

지식으로 눈 멀 것 같아
세상은 부자가 되라고 떠들지만
내가 부자가 되고 교만하여져서
주께서 날 모르신다 할까 두려워

난 말이야
매일 하늘의 지혜를 받거든
아마 썩지 않을 테니
하늘 창고에 쌓이겠지

그곳은 좀과 동록이 해하지 않아
쌓이는 휴대폰 메시지 대신
매일 하늘의 메시지 들으며
내 마음 더욱 청결해지고 싶어

앤틱 장식장

거실 한구석에 서 있는
이태리산 앤틱 장식장
문이 삐걱삐걱하다
조심스레 유리문 열면
왁자지껄 소란스러운 과거가 소환된다
아이들 사진, 축하 카드
이국의 기념품, 그림엽서
레코드판은 맨 아래층에 세 들어 있다
이미자 김추자 조용필 아다모……
모자를 든 로얄알버트 인형
장미꽃 무늬 애프터눈 티 포트
로얄코펜하겐 이어플레이트에는 눈이 내린다
영국 왕실에서 쓴다는 금테를 두른 접시
머그잔에 새겨진 프라하 카를교
생일날 받은 색색의 유리잔
저들은 저 마다의 사연을 얘기한다
와, 저기 63빌딩 컵 좀 봐
제일 높은 데 올라왔다고 신나하던 아이들 얼굴이 있다
그 아이들 자라서 아기를 낳고
또 그때처럼 높은 곳에 올라가

목마를 태우고 사진을 찍겠지
그릇을 꺼내 먼지를 닦고
레코드판을 건다
사랑한다고 말할 걸 그랬지
사랑한다고……

To do List

MBTI ESTJ
계획적이고
목표 지향적,
외향적, 현실적이다
느끼기보다 판단한다
냉장고에 늘 할 일이 적혀 있다
그런데 오늘은?
전화 안 하기
그냥 책 읽기
사람 안 만나기
써지는 대로 쓰기
함부로 약속하지 않기
언제라고 못 박지 말기
쓸데없는 기대하지 않기
아무것도 하기 싫으면
이불 덮고 잠자기
이것조차 만들지 않기

어떤 위로

병문안 가는 길
한 노숙자를 보았다
떡 한 덩이가 내 가방 안에 있다
아직 따끈하다
발걸음 돌려 그에게 전한다
예수님 믿으세요!
그가 떡을 받으며 환히 웃는다

세브란스병원 특실
딸도 못 알아보시는 친구 아버지
울고 있는 친구 손잡고 기도한다
긍휼이 많으신 주님!
자식들 훌륭히 키우느라 수고한 사람
이제 고통에서 벗어나 평안케 하옵소서

뿌리 파마

미용실 거울 앞

난 화분 잎이 노랗다

영양제 하나가 거꾸로 꽂혀 있다

뿌리는 괜찮은 걸까

저도 갱년기인가

자꾸만 빠져나가는 머리카락

뿌리를 살려보려고

영양제를 바르고 비싼 파마를 한다

살기 위해 죽기 직전까지 해야 할 일이 있다

몇 개의 가면을 쓰고

역할의 生 사는 동안

무뎌진 연장처럼 무거워진

중년, 잘려나간 머리카락 같은

내 섀도우*의 창고를 들여다본다

아직 쓸 만한 기질 반짝이는

저 안, 묵은 흙덩이 쏟아 내고

연한 새 흙을 채우면

내 안의 그녀들

다시 뿌리내리고
싱싱한 줄기로 올라와 줄까

* 섀도우: 안으로 감춰진 인격.

무릎을 꿇고

무거운 삶의 짐 위에
타인의 짐까지 얹고 쓰러지려 할 때
저는 아무것도 할 수 없어
당신 앞에 무릎 꿇습니다
당신은 저에게 말씀하십니다

"수고하고 무거운 짐 진 자들아
 다 내게로 오라 내가 너희를 쉬게 하리라
 나는 마음이 온유하고 겸손하니
 나의 멍에를 메고 내게 배우라
 그리하면 너희 마음이 쉼을 얻으리니"*

당신의 멍에를 메고
온유하고 겸손한 마음을 배우며
마침내 제 마음 쉼을 얻는 날
이 짐 덩어리 훨훨 벗어버리고
당신 곁으로 갈 날 기다립니다

* 마태복음 11:28~29

분노에 대하여

이것이 나쁘다고 여길 때
우리는 무의식의 창고에 숨긴다
의식이 알아차리지 못하도록
보초를 세우고 문을 닫고
꾹꾹 누른다
참으면 참을수록 압력이 세진다
더 이상 참을 수 없을 때
폭발한다
누른 것을 해제하는 것이다

de + pression

억압된 분노가
자신을 향하는 것이 우울
강경파 온건파
군중이 모여서 폭도가 되는 것처럼
그러니 그때그때 표현하라
나쁜 감정은 나쁘지 않으므로[*]

* 권수영, 『나쁜 감정은 나쁘지 않다』에서

안티에이징

조녀선 실버타운은 늙는다는 것은 우주의 일이라고 했다[*]
세포 수리 공장에서 더 이상 세포를 수리하지 못하는 상태
예비 유전자 창고에 부속품 재고가 없어서이다
생물학적으로 말하면
수리 능력을 잃은 세포가 망가져서 죽는 것이 노화

타이어 펑크 난 줄 모르고 운전한 적이 있다
양은냄비 달그락거리는 소리가 났는데 무시했다
신호대기 중 옆 차 창문이 열리고
'빵꾸'라고 했다
자동차가 고장 나면 카센터로 간다
수리가 불가능하면 폐차장으로 간다

내과 옆 피부과 연예인 사진이 걸려 있다
처진 피부 올리지오, 고주파 리프팅, 선착순 이벤트
얼굴 살은 중력에 의해 처진다
우리는 지구에 사는 동안 매일 중력 속에서 살아간다
척추가 바로 서고 발을 땅에 디디고 서는 것이다

중력을 거스르며 내 몸에 안티가 되기보다
그냥 늙는 것이 낫겠다

* 조너선 실버타운, 『늙는다는 건 우주의 일』에서

아다지오

오늘이 며칠인가 물으시더니
무거운 눈꺼풀 천천히 덮이고
막이 내렸다
환호도 갈채도 없이

무대 의상을 벗고
낡은 신발을 벗는다
숨 가쁘게 걸었던 당신의 발,
이제 달려갈 길을 멈춘다

당신께 가는 길
꿈길뿐일지라도
꼭 한 번 만나
도톰한 버선 신겨 드리고 싶다

그날,
적막한 산
가득한 울음소리에
남해 바다는 느린 음으로
슬픔을 노래하고 있었다

그럴 만하다고

여기 꽃이 피었다고
당신께 편지를 써도 될까요
나이가 몇인데 꽃은 무슨 꽃
설마 그런 말 마세요
서른에 주부습진 걸린 손
좀체 살이 찌지 않는 마흔
하수구에 버려지는 폐수처럼
내 젊음이 흘러가네요
꽃은 수없이 피고 졌겠지요
꽃 앞에서 활짝 웃으며
간직하고 싶은 순간 소중하지 않은가요
꽃처럼 고왔던 나
거울처럼 바라봐 주기를
듣고 싶은 말도 많고
노을 지는 풍경 음악을 들으며
고요히 머물고 싶은 날
멋진 레스토랑에서 품위 있게 식사를 하는
그런 날 왜 안 갖고 싶었겠어요
이제는 저에게 '그럴 만하다' 말해 주세요
이제 저의 세월을 아끼며 살고 싶어요

가을날의 기도

주님!
저를 자녀 삼아 주셔서 감사합니다
제가 그리스도인으로 자랄 수 있도록
오래 참고 기다려 주셔서 감사합니다
제가 육신의 고통에 눈물 흘릴 때
주님의 빛 아래 눈물도 보물인 것을 알았습니다
주님께서 상처 난 몸과 마음 씻어 주시고
찢어진 제 삶의 그물을 꿰매주시고
마치 새것처럼 온전케 하여 주셔서
다시금 이 땅에 두 발을 딛게 해 주셨기 때문입니다

주님!
때로 어디로 가야 할지 모를 때
저로, 눈을 들어 산을 바라보게 하소서
헤아릴 수 없이 많은 복 주셔서
지금까지 지내온 것 감사합니다
하루를 마감하며 고단한 몸 누일 때,
아침에 눈을 뜨면 제 코 끝에 호흡이 있는 것과
옆에 있는 사람 낯빛을 살펴 주며
하루를 시작하는 것 모두 주님의 은혜입니다

가을 햇볕 아래 반짝이는 모든 것이 아름답습니다

새해에

주님,
제게 새해를 주셔서 감사합니다
그 시간 속에서 이루어나가실
당신의 계획을 알게 하여 주옵소서
당신의 음성을 듣는 귀를 열어주시고
저의 입술로 찬양을 드리게 하옵소서

한 걸음이 선교의 시작이며
한 마디 말이 기도의 시작이듯이
저의 걸음을 마땅한 곳으로 옮기시어
제가 머무는 그곳이 선교지가 되게 하시고
제 삶의 완성도 당신께서 이루어주옵소서

새해에는 이런 사람이 되겠나이다
말을 많이 하기보다 침묵하고
감정을 쏟아내기보다 당신 앞에 머물고
불평하기보다 감사의 이유를 찾겠습니다

또한 새해에는
용서하지 못한 그 누군가에게

다가가 손 내밀겠습니다

용서는 누구보다 저 자신을 위한 것이며

당신께서 저를 용서해 주셨음을 알기 때문입니다

애기 동백

밤새 누가 붉은 카펫을 깔아 놓았더군
너무 늦은 건 아닐까
망설이다 당도한 수목원에
아슬아슬하게 피어 있더군
이 설한雪寒에
나무는 군불을 때고
반짝반짝 방을 닦아 놓았더군
그러니까 도톰해진 나뭇잎은
꽃의 온돌방이었던 거지
그 애기가 자라서
녹의홍상 단장하고 앉아 있더군

봄 도다리

소아과 다녀오던 아이가 수족관 앞에 서 있다
'제철 회, 봄 도다리' 간판이 붙어 있다
뽀글뽀글 거품 속, 물고기들 줄지어 헤엄친다
납작하게 붙은 물고기 가리키며 아이가 묻는다
"저 물고기 이름이 뭐예요?"
"봄 도다리란다."
아저씨가 뜰채로 물고기를 낚아올리며 말했다
물방울을 튀며 봄이 파닥거린다
유리문 안, 사람들이 둘러앉아 음식을 먹고 있다
엄마 손에 이끌려 집으로 오며 아이는 생각했다
도대체 물고기는 어디로 갔을까
아이는 콧물 약을 먹고 잠이 들었다
꿈속에서 물고기와 놀고 있는데 엄마가 깨웠다
"생선을 먹으면 감기가 뚝 떨어진대!"
밥숟가락 위에 놓인 봄 한 조각 받아 먹는다

詩

아마도 제 가슴 속에는
오래된 항아리 하나 있나 봅니다
제 삶이 흘린 눈물과
눈물 속에 떠 있는 마알간 꿈들
아주 작은 틈새를 비집고 들어와
숨죽인 채 발아發芽를 기다렸나 봅니다
젊은 날 버린 詩가 이제는
절 놓아 주지 않을 모양입니다

평화롭고 따뜻한 눈빛으로 가닿은 신성과 사랑의 언어

유성호(문학평론가, 한양대학교 국문과 교수)

1. 육안으로는 포착하기 어려운 궁극적 존재의 탐구

김경옥의 첫 시집 『시끄러운 침묵』은 남다른 자기 확인 과정을 곡진하게 담으면서도 사물과 타자를 향한 애잔한 기억을 다양하게 표상함으로써 서정시의 개성과 보편성을 함유하는 결실들을 내보인다. 최근 우리 시에서 종종 발견되는 시인과 사물 사이의 균열 같은 것은 그의 시에 나타나지 않는다. 그는 이처럼 시인과 사물 사이를 묶어주는 통합적 힘을 자신의 기억에 배치하면서 삶의 아름다움을 노래해간다. 그리고 그 가능성을 사랑의 힘에서 발견해간다. 그를 시인이게끔 만들어주는 근원적 힘으로서의 이러한 기억과 사랑은 이번 시집에서 한결같은 빛을 발하고 있다. 나아가 시인은 사물에 대한 오랜 기억과 새로운 발견을 결속하면서 그것을 다시 자신의 삶으로 피드백하는 과정을 일관되게 보여주는데, 그럼으로써 육안으로는 포착하기 어려운 궁극적 존재를 탐구하는 열정을 내비치는 것이다.

우리는 서정시가 들려주는 고백과 회상과 비전을 통해 현실에서는 불가능한 존재 전환을 순간적으로 꿈꾸곤 한다. 일상적이고 물리적인 현실을 벗어나 전혀 다른 곳으로 이동해가는 것이다. 그 상상적 시공간에서 이루어지는 경험을 통해 일상과는 다른 권역으로 확장해갔다가 다시 스스로에게로 회귀해오는 과정을 밟아간다. 원초적 통일성을 회복해주는 서정시의 미학적 가능성이 여기서 도출된다 할 것이다. 이는 주체와 세계가 분리된 경험으로부터 그것의 통합을 꾀하고자 하는 성격을 서정시가 가지고 있기 때문인데, 이때 우리를 둘러싼 세계와 그것을 수용하는 주체를 이어주는 새로운 감각이 필요하게 마련이다. 김경옥 시인은 이러한 서정시의 미학을 자신만의 감각에 오롯이 담아 일관되게 자신의 언어를 벼려간다. 이제 그 세계 안으로 천천히 한 걸음씩 들어가 보도록 하자.

2. 존재론적 기원(origin)에 대한 아름다운 기억

김경옥의 시는 존재론적 기원(origin)에 대한 아름다운 기억에 바쳐지는 세계이다. 이때 시인이 목소리를 발하는 미학적 범주는 자신의 기원에 관한 장면과 사연들이다. 그 의

식의 바닥에는 스스로 겪어온 원체험이 담겨 있는데 무의식
안에 숨겨진 원체험은 시인이 선택하는 언어와 생각에 크나
큰 영향을 끼친다. 시인은 존재론적 기원을 환기하는 원체
험을 끊임없이 찾아내고 변형하여 자신만의 동일성을 마련
해간다. 여기서 시인의 기억이 활발한 매개 역할을 하는 것
은 매우 자연스러운 일이다. 원체험과 파생적 경험을 매개
하는 남다른 기억이야말로 그만의 호환할 수 없는 자산이
되어주는 것이다. 다음 작품을 먼저 읽어보자.

> 섬진강을 안 보면 미칠 것 같아
> 구례행 기차를 탔습니다
> 보리밭 푸른 이랑마다
> 바람이 새 길을 내고 있었습니다
> 내 마음 이미 기차에서 내려
> 그 길을 따라 걷습니다
> 오늘 밤 강물은 산동(山洞)으로 들 것입니다
> 앞가슴 확 풀어헤친 강물이
> 어린 꽃과 나무들에게 젖을 물립니다
> 수유를 마친 강물이 돌아누운 사이
> 산수유 얼굴 더욱 뽀얗습니다
> 뽀얀 꽃비 속을
> 줄배를 타고 강을 건넙니다
> 나의 부서진 배
> 끌어 줄 이 아무도 없는데

꽃 피는 강 저편과

더 피워 낼 꽃잎 한 장 없는

이편 사이

당신은 제게 줄입니다

— 「강 편지」 전문

    섬진강에는 보리밭 푸른 이랑마다 바람이 새 길을 내고 있고, 시인의 마음은 그 길을 따라 걸으며 산동으로 돌아드는 강물을 쫓아간다. 강물은 어미처럼 앞가슴 풀어헤치고 "어린 꽃과 나무들에게 젖을" 물리고 그 순간 산수유 얼굴은 더욱 뽀얗다. 그 뽀얀 꽃비 속을 지나 강을 건너야 하는데, 이미 시인의 배는 부서졌고 이제 그 배를 "끌어줄 이 아무도 없는" 상황이다. 하지만 "꽃 피는 강 저편과/ 더 피워 낼 꽃잎 한 장 없는/ 이편 사이"에서 '당신'이 시인에게 '줄'임을 고백하는 이 산뜻한 '강 편지'야말로 시인의 오랜 기억 속에 깃들어 있는 사랑이 표현된 것일 터이다. 이때 '당신'은, 마치 만해(萬海) 시편의 '님'처럼, 세속의 연인이기도 할 것이고 궁극적 존재인 절대자이기도 할 것이다. 그렇게 자신을 줄로 붙잡아 맨 '당신'이야말로 '시인 김경옥'이 찾아간 강물처럼, 존재의 젖줄이자 기원으로 한없이 출렁이고 있을 것이다. 그 기원은 "다음 생을 안내하는 저, 침묵의 시위대"(「가을 숲에 누워 보라」)처럼, "눈부셔, 바라볼 수도 없는"(「눈부신 봄을 기다려야 한다」) 존재처럼, 시인의 '강 편지'를 가장 아름다운 궁극으로 데려가고 있다. 다음은 어떠한가.

문산행 열차가 마을을 지날 때면
부엌의 창을 두드리는 기적 소리
백마를 지나 화사랑을 지나
열차가 잠시 머문 곳은
이정표에는 없는 간이역

첫 손님으로 실려 온 안개 몇 흘려 놓고
민마루 넘어온 바람 먼 데 가 있던 마음 데려온다
추억은 세월의 탈의실에서 낡은 옷을 갈아입고
도수 높은 안경 하나와 두꺼운 습작 노트와
만년필을 꺼내 책상 위에 가지런히 배열한다

경의선을 따라 열차 소리 멀어져 가면
한 줄의 글로 외롭지 않던 청춘의 그날처럼
철로변의 개나리
노란 깃발 무수히 흔들고

벽난로 앞에 앉아
뜨거운 커피 한잔으로 몸을 녹이는
마흔, 내 생의 깃발은
아주 평화롭고 따뜻한 눈빛으로
그대를 위해 오래 흔들고 싶다

                                        —「경의선에서」 전문

그의 기억 속에 있는 또 하나의 기원, 곧 청춘의 한 페이지가 여기 펼쳐진다. '경의선'이 불러일으키는 저 40년 전 순간들을 시인은 톺아 올리고 있다. 문산행 경의선 열차는 '백마 화사랑'을 지나 "이정표에는 없는 간이역"에 이를 것이다. "첫 손님으로 실려 온 안개"와 "민마루 넘어온 바람"은 어느새 시인으로 하여금 "세월의 탈의실에서 낡은 옷을 갈아입고" 나온 추억을 만나게 해준다. "도수 높은 안경"과 "두꺼운 습작 노트" 그리고 "만년필"은 그 기억을 가지런히 기록해갈 시인의 소도구들이다. 거기 쓰여질 추억 한 자락은 "한 줄의 글로 외롭지 않던 청춘의 그날"일 것이다. 이 시편이 들어앉을 "벽난로 앞에 앉아/ 뜨거운 커피 한잔으로 몸을 녹이는/ 마흔"의 시간에, 시인은 "아주 평화롭고 따뜻한 눈빛으로/ 그대를 위해" 자신만의 "생의 깃발"을 오래 흔들려고 한다. 여기 등장한 '그대'도, 섬진강의 '당신'처럼, 시인의 원체험을 가로지르는 궁극적 실재이자 "살아서 못다 한 말 물어 나르다/ 꽃씨 떨어진 자리"(「제비꽃」)처럼 시인의 마음을 담아주는 가장 아름다운 존재일 것이다.

이처럼 김경옥의 시는 기억의 재구성이라는 특성을 견지하면서, 그만큼 삶의 다양한 경험을 통해 시인 자신의 존재론적 기원을 되살핀다. 우리는 그의 시가 수행해가는 이러한 과정을 통해 삶의 근원과 궁극에 대한 특별한 상상을 경험하게 되고, 그의 시가 환기하는 특권적 순간에 우리의 마음을 투사하면서 삶의 소롯길을 걸어간다. 우리가 서정시를 쓰고 읽는 것은 우주적 원리나 역사의 흐름에 참여하는 일이기도 하겠지만 이처럼 시인 자신의 원체험에 새로운 현재성을 부여하는 신생의 작업에 동참하는 일이기도 할 것이다. 이러한 작업은 일상의 순환성에 참신한 충격을 가함으로써 삶을 성찰적으로 바라보게 하는 창조적 에너지를 부여하게 마련인데, 시인은 그 순간을 지나온 날들에 대한 애틋한 기억을 통해 구축해간다. 이로써 김경옥은 인간의 근원적이고 궁극적인 지향을 궁구하고 꿈꾸며 수행하는 시인으로 우뚝하기만 하다.

3. 시인을 살아가게 하는 근원적 힘으로서의 시 쓰기

김경옥의 시는 우리가 마침내 가닿아야 할 궁극적 실재(ultimate reality)를 실존적 조건으로 삼으면서도 그 과정의 한없는 난경(難境)들을 암시해주는 명편들을 쏟아낸다. 그 난경은 이를테면 인간의 불가피한 존재론에서 발원하는 어떤 세계인데, 시인은 그러한 존재 조건을 시 쓰기의 열망으로 구체화해간다. 이를 통해 자신의 본원적 한계들을 견디고 치유하면서 크고 딱딱한(macro hard) 것이 아니라 작고 부드러운(micro soft) 순간들을 통해 시를 써간다. 그 작고 부드러운 시선으로 신성한 흔적에 가닿는 방법론이 다름 아닌 김경옥 버전의 '시(詩)'일 것이다. 그 안에 담긴 비의(秘義)는 시인을 살아가게 하는 근원적 힘이기도 하고, 그의 시가 궁극적으로 추구하고 실현해야 할 최종적 명제 같은 것일 터이다. 그렇게 이제 '시인 김경옥'은 그의 둘도 없는 바탕이 되어주고 있다.

등단을 축하한다고 친구들이 난蘭을 보내왔다
흰 꽃대 한 송이 밀어올리기 위해 시커멓게 탄
숯 덩어리 끌어안고 수직의 밤 지새며 피운 꽃
—「등단」 전문

아마도 제 가슴 속에는
오래된 항아리 하나 있나 봅니다
제 삶이 흘린 눈물과
눈물 속에 떠 있는 마알간 꿈들
아주 작은 틈새를 비집고 들어와
숨죽인 채 발아發芽를 기다렸나 봅니다
젊은 날 버린 詩가 이제는
절 놓아 주지 않을 모양입니다
—「詩」 전문

등단 축하 난을 친구들로부터 받은 시인은 그 꽃이 끌어안았을 "흰 꽃대 한 송이 밀어올리기 위해 시커멓게 탄/ 숯 덩어리"를 생각한다. '흰'과 '시커멓게'가 색채 대비를 이루면서 "수직의 밤 지새며 피운 꽃"을 애잔하고 아름답게 만들어준다. 늦은 등단이지만 그에게 '시'는 가슴속에 있는 "오래된 항아리"처럼 "삶이 흘린 눈물과/ 눈물 속에 떠 있는 마알간 꿈들"을 담아내는 존재로 불쑥 다가온다. 비록 그것이 "젊은 날 버린 詩"였을지라도 "작은 틈새를 비집고 들어와/ 숨죽인 채 발아發芽를" 기다리는 순간처럼 이제 '시'는 그를 놓아주지 않을 것이다. 그렇게 시인에게 "詩는 나의 거울"(「거울」)이며 "저, 시끄러운 침묵/ 흐르고 흘러/ 언젠가 물의 정상인 바다에"(「시끄러운 침묵」) 이르듯이 궁극성에 도달하는 언어의 성소(聖所)가 되어줄 것이다.

> 햇살 환한 창 아래 앉아
> 나무의 이력을 읽는다
> 늦깎이 공부를 시작하고
> 책상이 필요했다
> 잘 썩지 않고 벌레도 먹지 않는
> 콩과(科) 수종 집성목으로
> 상판을 만들고
> 바퀴 달린 서랍장을 짰다
> 암갈색 적갈색 노랑색
> 저마다의 생애가
> 한 몸이 되기 위해
> 잘려지고 이어진 것들
> 연한 회갈색 껍질은
> 점점 짙어지고 두꺼워지면서
> 뒤틀린 균열로
> 무수한 결을 남겼을 것이다

교문을 나선 지 수십 년,

오래 앉아 있으면 다리가 퉁퉁 부어오르지만

수만 갈래 마음의 길 이으며

잃어버린 꿈을 소환한다

　　　　　　　　　　　—「다시 꿈을 찾아서」 전문

　시인에게 '시'는 이처럼 '꿈'의 은유로 나타나기도 한다. 햇살 환한 창 아래 앉아 읽는 "나무의 이력"은 늦깎이 공부를 시작하면서 필요해진 '책상'을 생각하게 한다. 책상을 이룬 나무는 "저마다의 생애가/ 한 몸이 되기 위해/ 잘려지고 이어진 것들"이지만 시인은 그 안에서 "뒤틀린 균열로/ 무수한 결을 남겼을" 시간을 생각한다. 비록 "교문을 나선 지 수십 년"이고 책상에 오래 앉아 있으면 다리가 부어오르지만 시인은 엄연한 현재형으로 "수만 갈래 마음의 길 이으며/ 잃어버린 꿈을 소환"하고 있는 것이다. 그 새로운 꿈을 찾아서 나선 '시인 김경옥'이 이번 첫 시집의 주인공이다.

　이처럼 시인은 '시'에 대한 각별한 애착을 표현하면서 시가 여러 경험과 기억을 통해 공명하는 지점들을 보여준다. 그것은 한결같이 그 안에 그만의 흔치 않은 예술적 열정을 숨기고 있는데, 그래서 시인은 시가 언어의 탐미적 시뮬레이션이 아니라 현실의 폐허를 견디게끔 위안하면서 쓸쓸하고도 아름다운 삶을 보여주는 양식임을 내내 증언한다. 곧 그는 시에 대한 치열한 자의식 곧 자기를 탐구하면서도 심미적인 함축을 욕망할 수밖에 없는 시에 대한 사랑을 우리에게 가득 실어 보낸다. 수많은 타자와 함께 살아온 삶의 고리가 그의 시 안으로 자욱이 퍼져가는 순간이다.

4. 단정하고 속 깊은 신앙의 견결함

시인의 원체험과 그것을 관통하는 시 쓰기는 모두 절대자에 대한 외경(畏敬)과 사랑으로 집약해간다. 우리는 이번 시집의 한복판에 가장 간절한 신앙적 경험과 사유가 흐르고 있다는 점을 알게 된다. 단정하고, 거짓이 없고, 정결하고, 초월적인 힘을 내장한 그의 기도와 다짐은 자신을 추스르고 다잡아 삶의 완성을 향해 매진해가는 유장한 정신으로 이어져간다. 이러한 단정함과 정결함이 그의 시를 일관되게 감싸고 있는 근원적 에너지라고 할 수 있을 것이다. 나아가 시인은 신앙적 성찰을 통해 자신만의 형이상학적 지향을 보여주면서 초월적 신성을 지향하는 구도적 시선을 남다르게 보여준다. 근원이자 궁극인 초월자를 추구하는 언어를 통해 이 속악한 물질세계를 뛰어넘어 영혼을 충일하게 완성해가는 지향을 들려주는 것이다. 이 점, 우리 시단에 퍽 드문 형이상학적 전율을 온몸으로 들려주기에 맞춤한 미학적 세계라고 할 수 있을 것이다.

　　겨우내 빈 몸이던 나무
　　가지마다 망울 맺히고

눈 녹은 지푸라기 사이
새순 얼굴 내밀 때

불어온 남풍에
겨드랑이 간지러운
개나리 진달래 목련
잎보다 먼저 필 때

생각한다,
섭리攝理라는 말
피고 지는 것
일순의 일

— 「일순의 일」 전문

그분의 사랑도 섭리도 모두 "일순의 일"일 것이다. 겨울의 나목 가지마다 망울 맺히고 새순이 얼굴을 내미는 것도, 개나리 진달래 목련이 잎보다 먼저 피어나는 것도 모두 일순(一瞬)이다. 그렇게 "섭리攝理라는 말" 속에 담긴 피고 지는 일, 사물의 탄생과 소멸이 "일순의 일"이니, 우리는 모든 순간성 속에 영원성이 존재함을 알게 된다. 김경옥 시인은 이러한 신성(神聖)의 흔적과 자취를 바라보면서 "주님의 빛 아래 눈물도 보물"(「가을날의 기도」)이라고 느끼고, 아울러 "당신의 음성을 듣는 귀"(「새해에」)를 통해 "당신의 멍에를 메고/ 온유하고 겸손한 마음을 배우며/ 마침내 제 마음 쉼을

얻는"(『무릎을 꿇고』) 순간을 기대한다. 간절한 집중과 겸허한
염원이 숨 쉬는 기도가 그 안에 저류(底流)처럼 흐르고 있다.

헤론의 무덤 앞에 붓꽃이 피었다
두 딸과 아내를 두고
양화진에 맨 처음 묻히신 분

옛적, 조선인보다 더 조선을 사랑한
사람들 이 땅에 오셔서
가르치고 치료하고 기도하며
이 땅에 기쁜 소식 전하셨다

한글을 배워 성경을 번역하신 분
학교를 열어 후학을 양성하신 분
이 땅의 여성 위해 학당을 여신 분

자신의 몸 아끼지 않고
환자들을 치료한 의사
백정을 고쳐준 시의(侍醫)

그 고귀한 생명의 붓으로
역사의 한 획 크게 그으시고
한 알 밀알이 묻힌 자리
붓꽃이 피었다

언젠가 시인을 따라 양화진 선교사 묘역을 따라간 일이 있다. "부활은 죽음을 전제로 하는 것"(「목련이 피다」)이라는 명제를 선명하게 느낄 수 있는 시간이자 공간이었다. 거기 잠들어 있는 존 헤론 선교사는 1890년 7월 28일 양화진 묘원에 최초로 안장된 분이다. 그 무덤 앞에 핀 '붓꽃'을 바라보면서 시인은 헤론이 두 딸과 아내를 두고 "양화진에 맨 처음" 안장된 것을 생각한다. "옛적, 조선인보다 더 조선을 사랑한" 해외 선교사들이 이 땅에서 "가르치고 치료하고 기도하며" 기쁜 소식 전한 생애는 지금도 감동적이다. "한글을 배워 성경을 번역"하고 "학교를 열어 후학을 양성"하고 "여성 위해 학당"을 열고 "환자들을 치료"하고 "백정을 고쳐"준 그 고귀한 "생명의 붓"이 "역사의 한 획"을 그으며 "한 알 밀알이 묻힌 자리"에 핀 붓꽃으로 부활한 것을 시인은 노래한다. 다시 생명의 붓으로 새로운 그분의 역사를 그려갈 "양화진에 핀 붓꽃"이야말로 시인 자신의 또 다른 분신이 아닐 것인가. 그렇게 시인은 "말씀으로 일구어진 한 뙈기 뜨락에/ 사랑과 희락과 화평의 씨앗"(「우리 가정을 위한 기도」)을 뿌리면서 가장 고독하고 고요하고 성스러웠을 그들의 생애를 보듬고 기리며 기록해간다.

결국 김경옥 시인은 궁극적인 근원이자 존재의 뿌리인 신성함을 추구함으로써 영혼을 충일하게 하는 그분의 섭리를 소망해간다. 이러한 사유와 감각이 그의 시를 여느 신앙 시편과 구분해주는 원형으로 자리하게 만들어준다. 그가 들려주는 이러한 신앙의 몫은 그만이 실현해가는 상상적 꿈으로 나아가면서 우리를 초월적 질서로 이끌어간다. 성경에 의하면 지상의 삶은 신의 섭리와 은총으로 계획되고 실현되어간다. 그런데 신의 섭리와 인간의 운명은 인간의 사사로운 욕망 때문에 항상 어긋나게 된다. 시인은 초월적 신성을 지향하는 구도적 시선과 신앙의 질서에 대한 염원을 놓지 않음으로써, 인간의 욕망에 의한 지상의 혼돈에 대한 안타까움과 그것의 회복에 대한 초월적 소망을 버리지 않는다. 이 모든 것이 그의 단정하고 속 깊은 신앙의 견결함에서 우러나오는 빛이자 향기일 것이다.

5. 세상을 향한 넉넉하고도 긍정적인 시인의 사랑

마지막으로 우리는 세상을 향한 넉넉하고도 긍정적인 시인의 사랑을 흰칠하게 만나볼 수 있다. 김경옥 시인은 자신을 둘러싸고 있는 세상을 향해 강한 긍정과 친화의 언어를 보내고 있는데 그만큼 그의 시는 세상을 향해 던지는 사랑의 마음을 담고 있다 할 것이다. 이때 우리는 김경옥 시의 근원적이고 강렬한 에너지가 세상을 향한 긍정과 대상을 향한 사랑의 마음에 있다고 말할 수 있다. 더러 외롭고 높고 쓸쓸한 목소리가 나타나고 있지만, 시인은 그러한 정서조차 사랑의 언어로 바꾸어내면서 자신의 존재 형식을 고백해간다. 결국 그에게 사랑의 마음이란 존재론적 고독 속에서 태어나 긍정의 기억으로 완성되어가는 어떤 형질이 되어준다. 두고두고 사랑의 마음으로 가닿는 존재 긍정의 언어가 그의 시 안에 흐르고 있는 것이다. 그리고 그러한 사랑은 이번 시집으로 하여금 아프게 통과해온 지난 시간들에 대한 치유와 각성의 기록이자 지상의 존재자들을 향한 지극한 언어적 집성(集成)으로 등극하게끔 해준다. 한 걸음 더 진척하여 시인 자신의 지극한 사랑의 마음을 토로하고 앞으로 펼쳐질 삶에 대한 실존적 의지를 담은 환한 고백록으로 나아가게끔 해주기도 한다. 그렇게 시인은 자신의 기원과 사랑의 탐색을 통해 실존적 의지에 가닿음으로써, 그 스스로에게는 중요한 성찰의 계기가 되게 하면서, 우리에게는 진정성 있는 주체가 들려주는 자기 탐색의 목소리를 듣게끔 해주고 있다.

> 서로 사랑하기 때문에 결혼하는 것이 아니라
> 사랑하기 위해서 결혼하는 것이다
> 서로 다 알기 때문에 결혼하는 것이 아니라
> 모르기 때문에 함께 사는 것이다
> 상대에게 부족한 것이 보이는가
> 바로 그것 때문에 필요한 사람이 된다
> 사랑은 손해 보는 것
> 사랑은 낭비하는 것
> 퍼내어도 다시 솟는 샘물 같은 것

　　사랑과 결혼은 상호 연관성을 가진 호혜적 짝이지만, 순서로 보자면 사랑을 위해 결혼을 하는 것이라고 시인은 말한다. 그러니 결혼은 사랑에 이르는 한 방법이 된다. 서로를 알아가는 것도 결혼의 목적 가운데 하나이다. 서로 다 알기 때문에 결혼하는 것이 아니다. "상대에게 부족한 것이 보이는" 순간이 바로 그에게 가장 필요한 사람으로 태어나는 때이니까 말이다. 그러니 사랑은 손해 보고 심지어 낭비하는 것이라고 시인은 말하지 않는가. 하지만 그 손해와 낭비는 "퍼내어도 다시 솟는 샘물"처럼 탕진을 모르는 에너지로 존재한다. "절반의 고통이/ 남은 절반을/ 축복으로 바꾸는 연료"(「하여, 저를」)라는 자각을 우리에게 전하는 이러한 시인의 마음은 우리로 하여금 "어린 참쑥 한 움큼으로/ 그리움을 채우고"(「민들레를 찾아서」) 살아가면서 '낭비로서의 사랑'을 수긍하게끔 해주고 있는 것이다.

　　　그는 밭에서 방금 캐온 푸성귀 한 아름을 들고 온다
　　　몸의 일부가 빠져나온 풋것들은 아직 살아 있다
　　　쿵쾅쿵쾅 뛰는 그의 심장처럼 그는, 잔털을 따라 나온
　　　흙빛 닮은 웃음을 섞어 공복의 우리에게 내놓는다
　　　태양을 바란 줄기는 싱싱하다 못해 질기다
　　　씹으면 입안 가득 침 대신 진초록 피가 고인다
　　　한 입 베어 물 때마다 생의 그물에 걸린

푸른 언어들 함께 씹힌다

그는 순지르지 않은 나무처럼 올곧고 잔가지도 많아서

때로 나뭇잎마다 수천 장의 편지가 되어 팔랑인다

편지가 문득 바람에 실려 오는 날

그것을 읽는 누군가의 가슴은 풋것들로 속이 푸르다

그가 허기진 우리에게 내미는 이 화려한 밥상

— 「그가 차려준 화려한 밥상」 전문

　그를 시인의 길로 인도했을 어느 한 시인에게 건네는 이 헌사는 세상을 향한 시인의 사랑이 얼마나 귀하고 극진한가를 잘 보여준다. "밭에서 방금 캐온 푸성귀 한 아름"에는 "몸의 일부가 빠져나온 풋것들"의 생명이 남아 있다. "흙빛 닮은 웃음을 섞어 공복"을 채워주는 "화려한 밥상"의 주인공은 "태양을 바란 줄기"를 통해 "생의 그물에 걸린 푸른 언어들"을 선사하고 "수천 장의 편지"로 몸을 바꾸어 그것을 읽는 누군가의 가슴을 속 푸른 풋것들로 만들어주었다. 이러한 사랑의 언어는 "허기진 우리에게 내미는" 생의 온기로 단연 반짝였을 것이다. 그렇게 사랑이란 "현악기의 낱 줄은 각자 홀로지만/ 함께 하면 좋은 음악을 만든"(「사랑의 다섯 가지 언어」)다는 진리처럼 함께 만들어가는 '밥상'이 아니었겠는가.

　깊은 기억의 뿌리에 녹아 있는 사랑의 흔적을 찾아가는 여로에서 쓰이는 김경옥의 시는 시인 자신의 마음과 깊이 연관된 오랜 시간을 이렇게 호출해낸다. 늘 마주치는 풍경에서, 오랜 기억 속 남은 순간에서, 그러한 사랑의 마음은 한결같이 그 시간들이 가졌을 법한 세세한 결들을 재현하고 그 안으로 번져간다. 그래서 그의 시는 서정의 원형인 사랑의 원리에 의해 완성되어간다. 물론 여기서 말하는 사랑의 마음이 대상 몰입이나 과거 지향에 가치를 부여하는 퇴영적 행위를 말하는 것은 아니다. 그것은 오히려 그동안 겪어온 시간을 원초적 형식으로 복원하면서도 그것을 삶의 현재형과 적극 연루시키는 행위 가운데 하나라고 할 수 있다. 그렇게 김경옥은 애틋하고 아름다운, 세상을 향한 넉넉하고도 긍정적인 사랑의 시인으로 다가온다.

6. 성찰의 힘이 이끌어가는 내면의 시적 파동

대체로 서정시는 시인 자신의 고백적 발화에서 발원하고 완성된다. 물론 공공적 범주의 대상이 적극 채택됨으로써 일종의 사회적 연관을 가져오는 때도 있겠지만, 그것조차도 궁극적 자기 회귀 과정을 남다르게 견지하곤 한다. 물론 이때 말하는 자기 회귀가 개인의 권역에 국한되는 것만은 아닐 것이다. 서정시는 사사로운 개인 이야기를 할 때도 그 안에 암시적 차원의 공공성을 내장하게 되고, 그때 시인의 촉수는 타자들을 향해 한껏 원심력을 보이다가 다시 자신으로 귀환하는 속성을 가질 것이기 때문이다. 김경옥의 이번 시집은 이러한 서정의 원리에서 펼쳐진 지극한 마음의 현상학이다. 아닌 게 아니라 시인 스스로 온통 자연 서정의 언어를 채집하고 배열하고 변형하고 또 심미화해간다. 그리고 그 결실들에 신성을 입히고 자신의 사랑을 덧보탬으로써 아득하게 타자들을 향해 나아간다. 그래서 이번 시집은 서정시의 편재적 성격을 두루 갖추면서 새로운 서정의 정점을 만들어가는 고유하고도 가파른 도정을 보여준다 할 것이다.

말할 것도 없이 우리는 이번 김경옥 첫 시집의 외관에서 궁극적 대상을 향한 시인의 한없는 열망을 읽게 되고 나아가 시인이 자신의 삶으로 부단히 회귀함으로써 섬세한 성찰적 기능을 수행하는 장면을 목도한다. 그래서 우리가 그의 시를 읽고 느끼게 되는 것은 풍요로운 감각과 정서에 다다르는 긍정과 공감의 미학적 파문에 대한 경험이라고 말할 수 있다. 이번 시집은 내면의 파동으로 번져가는 서정성을 통해 우리로 하여금 삶의 궁극적 가치인 신앙과 사랑을 경험하게 해주고, 나아가 기억 속에 있는 존재론적 그리움을 한껏 느끼게 해준 것이다. 그것이 바로 그가 보여준 시적 감동의 다른 이름일 것이다.

결국 서정시의 존재 이유가 삶에 대한 끝없는 질문과 발견이라는 점에서, 김경옥의 시는 삶의 어려움과 에너지를 진지하게 생각해볼 기회들을 선사해갈 것이다. 궁극적 근원을 향해 역류해가는 상상의 지도, 지속되어야 할 사랑의 마음, 존재론적 비밀을 품은 풍경들을 담아 섬세하고도 단정한 기억의 힘으로 발견해가는 삶의 아름다움을 전해준 첫 시집 상재를 거듭 축하드린다. 이러한 성찰의 힘이 이끌어 가는 내면의 시적 파동이 우리 시단에 천천히 스며들어 많은 독자로 하여금 신성하고도 정결한 순간들과 만나게끔 해주기를 희원해 마지않는다. 더불어 이 평화롭고 따뜻한 눈빛으로 가닿은 신성과 사랑의 언어를 넘어, 그다음 이어져 갈 "그가 허기진 우리에게 내미는 이 화려한 밥상"을 온 마음으로 기다려본다.